LE

NAPOLÉON
DE L'AVENIR

OU

LE PREMIER PRÉSIDENT DES ÉTATS-UNIS
DU GLOBE TERRESTRE

PAR

F.-L. CÉSAR BOISSIER

> Nous sommes solidaires. La loi du monde est : « Chacun pour tous, tous pour chacun. » Il faut que, dans la mesure de nos forces, nous servions ceux qui nous environnent.
>
> DARBOY,
> *Archevêque de Paris.*

PARIS
LIBRAIRIE DE L. HACHETTE ET COMPAGNIE
Boulevard Saint-Germain, n° 77.

1865

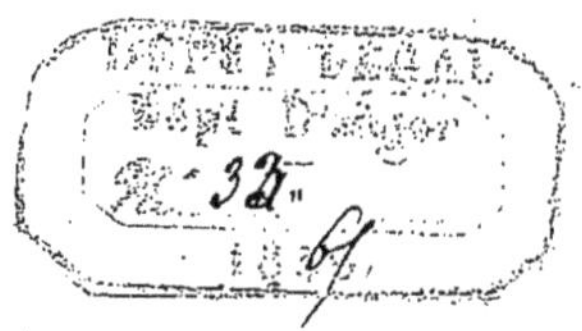

LE

NAPOLÉON

DE L'AVENIR

OU

LE PREMIER PRÉSIDENT DES ÉTATS-UNIS

DU GLOBE TERRESTRE

PAR

F.-L. CÉSAR BOISSIER

Nous sommes solidaires. La loi du monde est : « Chacun pour tous, tous pour chacun. » Il faut que, dans la mesure de nos forces, nous servions ceux qui nous environnent.

DARBOY,
Archevêque de Paris.

PARIS
LIBRAIRIE DE L. HACHETTE ET COMPAGNIE
Boulevard Saint-Germain, n° 77.

1865

AVERTISSEMENT DE LA PREMIÈRE ÉDITION

Notre intention a été de célébrer dans cet opuscule le Gouvernement de l'Empereur comme marchant à la tête de la civilisation et s'efforçant, au prix des plus généreux sacrifices, de faire triompher sur toute la surface du Globe la cause de l'humanité et du droit. Une alliance intime de la France, de l'Angleterre et de la Russie, pour combattre toutes les influences funestes et amener progressivement l'élimination complète de l'élément barbare et brutal, est proposée aux méditations des Souverains de ces trois grands empires, qu'on exhorte à se faire les instituteurs, et, au besoin, les maîtres, les bienfaiteurs persévérants et réfléchis des classes et des races inférieures.

Un seul Dieu, une seule philosophie, une seule morale, un seul État, un seul Gouvernement, un seul homme pour le Globe entier, tel est l'avenir vers lequel l'humanité est entraînée, l'état définitif auquel doivent aboutir les progrès de la raison, des sciences et des arts, sous l'action préparatoire et déjà visible des trois grands peuples qui règlent de nos jours le mouvement européen, et qui, après s'être intimement unis pour entreprendre et accomplir, à eux trois, la conquête et la réforme politique et religieuse du Globe, finiront par conclure à l'unité et par élire, dans un conclave solennel des représentants de tous les Etats, le dépositaire de l'autorité universelle.

Alger, 24 octobre 1860.

PRÉFACE

Il n'est pas possible que la vérité sociale ne soit pas dans le monde. Elle y est. On la sent, on la voit partout; mais l'avidité, la cupidité, l'égoïsme, l'ambition de trop avoir l'empêchent de s'établir et de régner.

Tu aimeras ton prochain comme toi-même. Tout est là. Appliquez ce principe de gré ou de force, et tout est régénéré, et il n'y a plus de misère dans le monde, hors des misères fatales et inévitables. Mais la mendicité, la pauvreté extrême, l'ignorance et toutes leurs suites peuvent se prévenir facilement. Que chacun veuille bien se contenter du nécessaire, et il y aura un certain luxe réalisable pour tous.

C'est à ce dernier résultat que la vertu doit tendre dans les petits États comme dans les grands. Pourquoi n'appliquerait-elle pas, sur l'échelle la plus large, ces leçons de modération et de frugalité qu'on vante, qu'on exalte partout; dans tous les discours, dans tous les livres, dans toutes les chaires, à l'école primaire et au lycée comme à l'Académie et au Sénat, à Notre-Dame comme à la Sorbonne? Pourquoi rougirait-elle de vivre comme les humbles lauréats des prix-Montyon sont annuellement loués d'avoir vécu, comme vécurent et vivent encore tant de simples et obscurs citoyens, fiers d'une honnête et laborieuse médiocrité, au sein d'une république riche et puissante? L'amour régénèrera tout. L'amour vrai de l'humanité changera la face de la terre, et hâtera l'heure, où rien de ce qui touche au sort d'un seul homme ne trouvera aucun homme indifférent.

Favorisons la formation des grands États. Tous les États de l'Europe doivent tendre à ne former qu'une vaste Confédération vraiment humaine, d'où la guerre disparaîtra entièrement. Avec l'abolition de la guerre en Europe, on aura décrété l'instruction, la moralisation et le bien-être du monde. Les États-Unis de l'Europe une fois constitués serviront à la prompte et définitive constitution des États-Unis de la terre entière, où tout différend, d'individu à individu, se terminera devant un juge de paix, et ceux d'État à État, devant l'élite des hommes les plus vertueux, envoyés de toutes les parties de la Confédération au Congrès central, pour prononcer en dernier ressort, à la majorité ou à la presque unanimité des voix, sur tout incident de nature à troubler le repos du monde.

Il est évident que l'Europe gravite vers cette unité fédérative, qui abolira la guerre, et permettra de consacrer à la moralisation et à l'instruction des masses des sommes incalculables. Et quel bien ne sortira-t-il pas de l'emploi judicieux et philanthropiqne de tant de bras et de tant de millions qui s'usent, depuis tant d'années, au service de la destruction et de la mort! Unité de l'Europe, tu contiens en germe l'unité et le renouvellement du Globe.

Comment! vingt, trente, soixante grands Etats auront pu s'unir et se confédérer pour former la grande république américaine, et l'Europe ne pourrait pas imiter cette grande Confédération! et, de proche en proche, la même forme agrandie n'absorberait pas la terre entière, pour le plus grand bien de toutes les cités, grandes ou petites, qui s'annexeraient au grand Etat, jusqu'à ce que tout le Globe fût entré dans la grande et universelle famille humaine !

Mais il faudra encore bien du temps et bien des progrès accomplis sur l'ignorance, la superstition, la routine et la barbarie, pour que, même en Europe, l'esprit unitaire s'établisse. Il faudra mille progrès partiels, mille essais, mille tâtonnements, mille conquêtes qui ne sont encore qu'à la période d'éclosion. Mais ne désespérons pas pour cela. L'unité française est bien sortie, à force de siècles, du morcellement anarchique de ses innombrables provinces, et l'unité anglaise, l'unité russe, l'unité allemande, l'unité italienne sont faites ou en train de se former. De ces unités de second ordre se dégagera finalement, pour l'Europe, une unité supérieure, et cette unité supérieure sera le signal de la Confédération universelle que nous annonçons.

Tlemcen, 6 juillet 1865

Sire, puisque laissant la grande capitale
Pour voir Chambéry, Nice et votre île natale,
Vous venez voir aussi le sol algérien,
Il ne sera pas dit, malgré maint faux prophète,
Qu'ici tout s'est passé comme en toute autre fête,
Que vous êtes venu pour rien.

Il ne sera pas dit par les mauvaises langues
Qu'on n'aura fait encor qu'échanger des harangues,
Qu'ordonner à grands frais bals et festins joyeux,
Illuminations, fantasias, revues,
Feux d'artifice allant se perdre dans les nues,
En jetant de la poudre aux yeux.

Vous allez rencontrer une muse sévère,
Que nul bienfait n'oblige à chercher à vous plaire,
Qui sait ce que l'éclat cache d'obscurité,
Qui surprend les larrons dans leurs métamorphoses,
Dont le seul tort est d'aller droit au fond des choses,
Et qui vous doit la vérité.

Elle vous la dira, passez lui ce caprice,
Dans un langage franc, dépouillé d'artifice :
J'ai souvent dans mes vers commerce avec les dieux,
Et je leur dis leur fait en rimes familières,
N'aimant pas à traîner par les vieilles ornières
La régularité d'un discours ennuyeux.

Et d'abord, voulez-vous faire de l'Algérie
Le grenier tant promis à la mère-patrie?
Jetez-y de Saint-Flour, de Gap, de Briançon,
De rudes montagnards une héroïque armée,
Et ne donnez l'honneur, l'argent, la renommée
Qu'au fer du brave, ceint du laurier du colon.

Il est beau de rêver sur la plage africaine,
Sous les ombrages verts que fournit le domaine,
D'entourer de jardins une fraîche villa :
Mais il est mieux encor, obstiné, maigre et pâle,
De creuser un sillon, de brunir sous le hâle,
Et, s'il faut un martyr, de dire : Me voilà.

C'est ainsi que jadis on fondait des royaumes.
On le ferait encor ; mais, Sire, il faut des hommes ;
Et cet article est rare, il est presque inconnu ;
Il ne s'importe pas comme une marchandise ;
Et je dois avouer même, en toute franchise,
Qu'avant vous de Marseille il n'en est point venu.

Vous en aviez conduit cent mille en Italie :
Mais il fallait sauver aussi la Vénétie,
Comme l'avait écrit un ordre solennel :
Il ne s'agissait plus de transiger, de dire
Que l'on s'était trompé, qu'on eût tort de l'écrire,
Qu'on revient sur ses pas, et que c'est bien cruel.

Non, vous l'aviez promis ; une promesse oblige :
Il ne fallait traiter qu'aux bouches de l'Adige.
Quand on signe Napoléon, de la Duna
L'on s'en va, s'il le faut, piétiner la glace ;
Et, si c'est seulement la Prusse qui menace,
Pour elle on refait Iéna.

Vous n'aviez qu'à vouloir : votre invincible armée,
En vingt jours, de son camp eût montré la fumée
A Trieste ; Manin dans l'ombre eût tressailli ;
Vienne eût lâché Venise et le Quadrilatère,
Et la Prusse en eût été quitte pour se taire
Devant le grand œuvre accompli.

Il faudra vers le Nord réparer cette faute.
Cela fait, nous pourrons marcher la tête haute.
Cent vaisseaux, quinze cent mille hommes, c'est un train
Que l'on n'affronte pas follement sur sa voie :
On a bien avalé Nice avec la Savoie ;
Il faut qu'on avale le Rhin.

Mais, clément dans la force, épargnez l'Angleterre :
Ses institutions sont l'orgueil de la terre ;
Sa jeune liberté du vieux monde est l'espoir :
L'humanité serait à jamais compromise,
Si la nuit se faisait aux bords de la Tamise,
Si Dieu de la défendre oubliait le devoir.

De ses mâles vertus cultivez l'alliance :
Que son drapeau s'unisse au drapeau de la France ;
Que, brillants d'un éclat que rien ne peut ternir,
Les deux peuples, épris d'ambitions divines,
Arrachent à l'envi l'ivraie et les épines
Du champ où germe l'avenir.

Assurez au Piémont sa dernière conquête,
Rome même ; écrasez l'Autriche, toujours prête
A s'armer pour la honte et les grands attentats :
Laissez le Czar, tenté par mille voix confuses,
Fondre tout, Turcs, Bédouins, Maronites et Druses,
Dans la rondeur de ses États.

Pour l'Orient d'un Charlemagne il a l'étoffe :
Il aurait prévenu la grande catastrophe
De cent mille chrétiens en un jour égorgés;
L'Islam, jusqu'à Djedda traqué par Alexandre,
Dans la nuit qui l'attend n'aurait plus qu'à descendre,
Et nos morts n'auraient pas besoin d'être vengés.

C'en est fait, plus de sotte et basse jalousie!
C'est au knout de mater et d'assouplir l'Asie.
S'il est dur quelquefois et même un peu brutal,
Il est chrétien du moins, de Jésus il s'inspire,
Et, pour ressusciter ou fonder un empire,
Il vaut cent fois mieux que le pal.

Il saura mieux que nous les chemins de traverse
Qui vont jusqu'au Thibet en passant par la Perse;
L'Anglais lui sourira du haut du Comorin;
Et nous, filant à l'est plus de cinq mille lieues,
Des rives du Kiang qui roule des eaux bleues,
Nous pourrons lui tendre la main.

Ainsi, malgré l'orgueil de leur rude enveloppe,
La Chine et le Japon, enlacés par l'Europe,
D'un alphabet plus simple épèleront les lois;
Le Malais maudira ses instincts de panthère,
Et le Cafre, parlant au Nègre, dira : Frère,
Que nous sommes heureux de vivre sous la croix!

Et cependant le fil de fer, ardent apôtre,
Prompt comme la pensée, ira d'un pôle à l'autre ;
Pékin ne sera plus qu'un faubourg de Moscou ;
L'Anglo-Saxon aura l'une et l'autre Amérique,
Et Paris sur le rail d'enceinte de l'Afrique
Rayonnera de Tombouctou.

L'égalité vaincra librement saluée ;
L'unité des grands jours sera constituée :
Le Russe, le Français, l'Anglais, l'Américain,
Fraternisant, luttant en enfants de lumière,
Entre les mains d'un seul remettront la bannière
Qui doit guider le genre humain.

On cherchera longtemps, dans l'auguste cénacle,
Pour être égal au sort, le mot du grand miracle ;
On sentira qu'il faut au monde un Washington,
Presque un Dieu, quelque pure et sainte renommée,
Et celle qui sera par la terre acclamée,
C'est la tienne, NAPOLÉON !

Non celle du Titan, plein d'ombre et de mystère,
Qui fit le deux Décembre et le dix-huit Brumaire,
Mais celle du Consul puissant et respecté,
Qui, pesant tout, lois, mœurs, faits, doctrines et causes,
Ne laisse au crible étroit passer que ces trois choses,
Le droit, l'honneur, la liberté ;

De Celui qui, taillé sur le plus haut modèle,
Résume les meilleurs, tour à tour Marc-Aurèle,
Trajan, Hoche, Cobden, Garibaldi, Cavour ;
Qui, Scipion superbe ou Lincoln populaire,
Triomphe au Capitole ou gravit le Calvaire,
Pour l'humble et le souffrant plein de force et d'amour.

Ce rêve de nos jours d'ivresse et de folie,
Nos fils l'accompliront par la philosophie ;
La terre jusqu'ici n'a vu que des enfants :
Mais entends tressaillir ses entrailles fécondes ;
Regarde, à l'horizon, tant de lignes profondes :
Voici l'époque des géants.

Ce sont les héritiers des Jésus, des Socrate,
Qu'Anytus poursuivait et que livrait Pilate ;
Ils ont respiré l'air de toutes les hauteurs :
Il n'est pas un héros, pas un martyr sublime,
Dont ils n'aient pris l'épée ou le cœur magnanime,
Du plus grand des combats divins gladiateurs.

Ils viennent balayer toute notre poussière,
Effacer cette erreur, le luxe et la misère,
Du sang versé par l'homme arrêter le torrent,
A l'avide, au cruel barrer toutes les voies,
Et sur le juste seul faire pleuvoir les joies
Qui s'égarent sur le méchant.

Leur devise est amour, paix, lumière, science!
A l'erreur qu'on répare ou qu'on pleure, indulgence!
Pour tout ce qui gémit, tendresse et charité!
A l'infirme, à l'aveugle, au faible, au misérable,
Une place au soleil! et la plus honorable
A l'œuvre qui t'amène, ô solidarité!

Alger. — Imprimerie typographique et lithographique Bouyer.

www.ingramcontent.com/pod-product-compliance
Ingram Content Group UK Ltd.
Pitfield, Milton Keynes, MK11 3LW, UK
UKHW021022220726
13924UKWH00001B/127